Georg Rönnau

So ein Pech

Georg Rönnau

So ein Pech

Bibliografische Information der Deutschen Natio-nalbibliothek:

Die Deutsche Nationalbibliothek verzeichnet diese Publikation in der Deutschen Nationalbibliografie; detaillierte bibliografische Daten sind im Internet über http://dnb.dnb.de abrufbar.

Herstellung und Verlag:
BoD – Books on Demand, Norderstedt

ISBN: 9783748189992

Ich danke allen, die mir zu dem Projekt Mut gemacht haben.

Georg Rönnau

So ein Pech.

Peter kommt mit seinen Eltern vom Wochenendurlaub bei Onkels Geburtstag zurück. Dort war es diesmal langweilig und nervig. Da beim Onkel viele Gäste waren, hatte und nicht viel Zeit für ihn. Dazu musste er sich auch noch um kleinere Kinder kümmern, die ihn sehr genervt haben. Dabei hätte er lieber um seine Projektarbeit für die Schule gekümmert, die er übermorgen abgeben muss.

Sie kommen müde zuhause an und stellen fest, dass die Tür offen ist. Was ist den das denken sie. Sie gehen ins Haus und sehen das hier aller drunter und drüber liegt und steht. Vater sieht sich die Tür genauer an und stellt fest, dass bei ihnen eingebrochen worden ist. Die Tür ist im Schlossbereich beschädigt.

Peter rennt auf sein Zimmer und stellt fest, dass dort alles durchwühlt worden ist und sein Laptop fehlt. Schrecklich sein Laptop und damit seine Projektarbeit ist futsch und so schnell kann er sie nicht neu erstellen. Was jetzt?

Peter ist schwer verärgert, seine Lehrerin mag seine Arbeiten wegen seiner schlechten Rechtschreibung nicht besonders. Sie wird im bestimmt eine Sechs geben. Da ist auch noch der Rüpel, der ihn dauernd ärgert. Wenn er das erfährt, wird er seine helle Freude haben und ihn wieder ärgern. Die Lehrerin sagt bestimmt, das er sie hätte vorher ausdrucken können, und bestimmt eine Datensicherung hat. Die hat er zwar, aber die ist schon längs überholt

1

und müsste neu überarbeitet werden. Aber wo soll er das können, er hat keinen Computer zur Verfügung um die CD auslesen zu können. Er rennt schnell runter, in der Hoffnung, dass Computer seiner Eltern noch da ist, und sieht nach, aber er ist auch weg. Er denkt verzweifelt, was kann ich jetzt noch tun? Da fällt ihn ein das ein Klassenkamerad schräg gegenüber wohnt. Sein Oma sitzt dauernd am Fenster und beobachtet, was auf der Straße los ist. Die hat sicher was Auffälliges beobachtet. Er erzählt doch immer so lustige Storys, was sie alles gesehen haben will. Wo ist seine Telefonnummer und sucht seine Klassenliste. Ah da ist sie, Mal sehen, Martin Beckstein, glaube ich. Ja da ist er. So ruft er ihn mit seinem Handy an und erklärt ihm, was geschehen ist. Der verspricht sofort zu fragen und ihn wieder anzurufen, wenn er mehr weis. Da kommt die Polizei zur Untersuchung des Einbruchs. Sie werden befragt, können aber nicht viel sagen und was alles fehlt wissen sie auch noch nicht. Klar, die Computer und der Schmuck, sowie Fernsehen, DVD Spieler und die Anlage fehlen. Aber was sonst noch alles fehlt, müssen sie noch feststellen. Als die Polizisten fast aufbrechen wollen, klingelt sein Handy und Martin ist dran, der berichtet das da einen Lieferwagen einer Kieler Firma, mit den Kennzeichen NF ab 2145, beim Einladen von Sachen, aus ihrem Haus beobachtet hat. Da hält er die Polizisten auf, und berichtet ihn von dem Anruf. Sie hören ihn erst interessiert zu. Als er gefragt wurde, wer es war, und ihnen es sagte lachten sie und bezweifelten, dass der Anrufer die Wahrheit sagte. Sie erklärten ihn, dass es eine Wichtigtuerin sei, sie ihnen schon so manche verrückte Historie erzählt hat und sie ihr deswegen kein Wort mehr glauben. Dann verlassen sie das Haus und fahren weg.

Peter ist erst enttäuscht und überlegt. Da hat er eine Idee, ich rufe alle meine Freunde an und bitte sie um Hilfe. Wir finden garantiert eine Spur und dann finden wir auch deinen Laptop. So ruft er zuerst seinen besten Freund an und berät sich mit ihm.

Sie beschließen eine Telefonlawine zu starten und alle ihre Freunde und die wieder ihre Freunde um Hilfe zu bitten. Von einer Internetlawine halten sie allerdings nichts. Das muss doch nicht die ganze Welt wissen denken sie dabei. So geht die Telefonlawine los.

Es dauerte auch nicht lange, da kam ein Anruf und der bestätigte, dass es den Wagen tatsächlich gab. Er stehe in der Marktstraße und wird gerade beladen. Das sagt er seinen Eltern, sollte es dort schon wieder einen Einbruch geben? Sie sahen ihn an, wenn du das der Polizei erzählst, glauben sie es wieder nicht, lass die doch selber nach den Gaunern suchen, was geht es dich an. Las uns jetzt erst mal etwas zu essen, holen, und dann Aufräumen, du möchtest doch bestimmt einen Döner. Ja sagt er verlegen, geht in sein Zimmer und fängt an aufzuräumen. Dabei denkt er verzweifelt nach, was kann ich noch tun?

Da ruft er wieder seine Freunde an und bespricht mit ihnen was sie noch machen können. Wir brauchen jemand der die Gauner verfolgen kann, ein Motorrad oder Auto muss er schon haben, mit dem Fahrrad oder Mofa sind wir zu langsam. So starten Sie wieder einen Rundruf und bitten darum, wenn der Wagen wieder auftaucht, ihn zu verfolgen, um festzustellen, wohin er fährt.

Dann räumt er weiter auf und hofft auf einen neuen Anruf, aber es kommt keiner. Als er zum Umfallen müde ist, geht schlafen, am anderen Morgen ist auch noch ein Tag denkt er und jetzt ruft leider keiner mehr an, die müssen doch alle schon schlafen.

Was er nicht weiß, das sind noch ein paar im Internet und forschen nach, ob jemand den Transporter kennt. Und sie haben Glück, die Firma gibt es wirklich, allerdings haben sie keinen Wagen mit diesem Kennzeichen. Allerdings ist ihnen vor einiger Zeit ein Transporter gestohlen worden.

Ganz früh am nächsten Morgen klingelt sein Handy. Der Wagen ist auf der Ulmenstraße 25, wer wird wieder mit Sachen beladen. So werden die freund die ein Fahrzeug haben informiert und die Verfolgung wird sofort vorbereitet. Als er losfährt, hängen sie sich mit einem Auto und Motorrad an seinen Fersen. Aber sie haben Pech, bei einer Roten Ampel entwicht er ihnen und sie finden ihn nicht wieder. So

4

geben sie nach einiger Zeit bedauert auf. So geht die Warterei weiter. Da wieder ein Anruf, der Wagen ist wieder gesehen worden, diesmal in einem anderen Stadtteil.

Wir kommen wir am schnellsten dort hin, denkt Peter? Da ruft einer an, ich bin in der Nähe und nehme die Verfolgung auf. So ein Glück denkt Peter, gut das man Freunde und gute Kameraden hat. Diesmal klappt es wiedererwachend gut, dabei hat Peter wird abgeholt und zu den Verfolgern gebracht. So geht es durch die Stadt, dabei hat er den Eindruck, dass sie auch verfolgt werden, er denkt sich aber nichts dabei. Es geht zügig durch die Stadt, an einer Ampel haben sie die Räuber fast schon wieder verloren. Sie haben Glück, ein Anderer übernimmt die Verfolgung und benachrichtigt sie, wo es lang geht. So geht die Fahrt Land und endet auf einen alten Bauernhof, der unbewohnt aussieht. Das Dach des Wohnhauses ist gut sichtbar beschädigt. Sie fahren ein Stück weiter und halten dann an. Die Fahrerin kennt den Hof kennt. Sie weis, dass die Gauner, nur hier an der Abbiegung wieder rauskommen können.

So beobachten, sie wie der Transporter in die Scheune fährt. Nach einiger Zeit kommen drei Männer raus und gehen zum Wohnhaus, in dem Sie verschwinden. Was sollen wir tun, es wird beraten. Warten wir erst mal ab, bis die wieder rauskommen. Die wollen doch sicher wieder irgendwo einbrechen. Bisher gab es doch auch immer mehrere Einbrüche am Tag, sodass man von einer größeren Gaunerbande ausgeht, die das Diebesgut direkt ins Ausland bringen.

Das Warten dauert und kommt ihnen wie Stunden vor. Da, nach einiger Zeit verlassen sie das Wohnhaus und gehen zur Scheune. Es dauert nicht lange und das Tor wird geöffnet, der Transporter fährt zur Straße und biegt Richtung Stadt ab.

Da ist das Versteck der Gauner, was jetzt?

Sie beraten kurz und beschließen, fahr hinter dem Wagen her und beobachte, wo er hinfährt und wen sie einen neuen Einbruch machen verständige die Polizei.

Das Dach des Wohnhauses hat große Löcher, da wohnt bestimmt keiner. Wir schleichen uns zur Scheune und sehen nach, ob sie das Diebesgut dort lagern. So schleichen sie so an, dass sie vom Wohnhaus nicht gesehen werden können. Als sie bei der Scheune angekommen sind, suche sie einen offenen Eingang. Schade, das Tor ist zu, wo kommen wir rein, las uns mal sehen, dort ist ein Haufen alter Geräte. Die haben die bestimmt nicht weit geschleppt, da ist bestimmt noch eine Tür. Und richtig, etwas verdeckt ist eine windschiefe Tür. Die bekommen wir bestimmt auf, las uns es versuchen. Sie haben es nur mit mühe die Tür zu erreichen, dazu mussten sie noch etwas Unrat aus der Seite räumen. Dann versuchen sie sie geräuschlos zu öffnen. Das geht aber nicht gut, sie quietscht furchtbar. Vor Schreck halten sie an und verstecken sich erst mal. Aber keiner kommt, da quietscht es an einer anderen Stelle. Mann, da ist es kein wunder das sich hier keiner an die Geräusche stört, hier knarrt und quietscht es ja immer wieder. Komm, lass uns durch den Spalt kriechen, der ist doch bestimmt breit genug. So versuchen sie es und siehe da, sie schaffen es. Zwar bleibt Peter mit einem Knopf erst hängen, kommt dann aber doch rein. Innen ist es so dämmerig, das sie erst nicht sehen können, aber nach kurzer Zeit nehmen sie schon etwas war. Man haben die hier ein großes Lager, die haben ja wer weiß wie viel schon mitgenommen. Fernseher, Stereoanlagen, Computer, Teppiche, kleine Möbelstücke und vieles mehr. Sie sehen sich vorsichtig um, da kommt ein Stapel ins rutschen, es kracht dabei ganz schön. Erschreckt sehen sie sich um, aber es kommt niemand zum Nachsehen. Nach einiger Zeit suchen sie weiter, das sieht Peter einen Stapel Laptops. Da ist bestimmt meiner bei, sagt er und geht hin. Vorsichtig sieht er sich den Stapel an, da sind aber viele, mehr als ein Dutzend. Wie soll ich meinen da finden. Der ist bestimmt irgendwo oben drauf, nach dir haben sie bestimmt nicht so viele gestohlen. Richtig, als er sich den Stapel betrachtet, sieht er seine Aufkleber, auf einem der oberen Laptops. Er nimmt ihn vorsichtig herunter und setzt sich mit ihm an einen Schreibtisch, macht in auf und startet ihn. Er ist glücklich, das Passwort stimmt, das ist seiner. Dann sucht er das

Projekt. Da ist es, schnell nimmt er einen USB-Stick und kopiert es sich zu Sicherheit. Dabei denkt er, sicher ist sicher. Er stellt ihn wieder aus und will in mitnehmen. Da sagt sein Freund, las ihn lieber hier. Das ist bestimmt besser, auch wenn er dir gestohlen wurde. Wenn du ihn jetzt wieder hast, fällt auf, dass wir hier eingestiegen sind und das kann ärger geben. Du hast doch dein Projekt, du kannst es bei mir ausdrucken und dann ist erst mal alles gut. Wir melden jetzt alles der Polizei und die hebt dann das Räubernest aus und ihr bekommt dann sowieso alles wieder. So lange kannst du bei mir am Computer arbeiten. Wir machen doch meistens alles zusammen.

Inzwischen kommen immer mehr Kinder und Erwachsene zum Bauernhof und warten dort auf sie, weil sie nicht wissen was sie tun sollen. Fast die ganze Klasse mit ihren Geschwistern und deren Freunde sind schon da. Als sie aus der Scheune kommen, staunen sie nicht schlecht und fragen: „Wieso seit ihr hier, es weist doch keiner, wo wir sind." Wir sind angerufen worden uns wurde gesagt ihr braucht unsere Hilfe beim Fangen der Gauner. Es kommen immer mehr Jugendliche und Erwachsene hinzu.

Da kommt eine keifende und schimpfende Frau aus dem Haus. Doch keiner versteht sie, da sie eine fremde Sprache spricht. Da hebt einer der Großen, der in ihrer Nähe steht, seine Hand und schimpft zurück. Peter wundert sich und denkt: „Das ist doch einer der Freunde vom Rüpel, der mir immer Ärger macht. Wenn der da ist, wo ist er?" Plötzlich fühlt er eine Hand auf seine Schulter und er dreht sich erschrocken um. Da steht ein Mädchen, aus einer anderen Klasse, vielleicht etwas jünger als er. Sie sagt. Bescheiden, ich verstehe sie. Sollen wir nicht hingehen und ihr eine Erklärung abgeben, damit sie sich beruhigt. Wenn die zum Telefon läuft und den Gaunern erzählt, was los ist, kommen die bestimmt nicht zurück, und wir wollen sie doch auch fangen, sonst machen die noch weitere Einbrüche in einer anderen Gegend. Ja, du hast recht und so drängen sie sich zu der schimpfenden Frau durch. Dort angekommen spricht das Mädchen sie mutig und laut an. Sie dreht sich erstaunt dem Mädchen zu ihr. Marie, wie mir gerade einfällt, sagt ihr, dass hier das Ziel eines Schatzsucher Spiel, das im Internet organisiert worden ist. Da man angenommen hat, dass hier keiner wohnt, wurde das Zeil hier bestimmt. Dabei lächelt sie schüchtern und bittet um Verzeihung.

Peter sagt: „Wir werden dafür sorgen, dass alle möglichst schnell verschwinden und an sich an einen andern Ort wieder Treffen. Das wird natürlich etwas dauern." Marie übersetzt dies und lächelt die Frau dabei unschuldig an.

Peter dreht sich um, hebt die Hände und ruft, mithilfe der Umstehenden: "Bittet alle mahl ruhig. Dann verkündet er, dass sich jetzt alle zurückziehen sollen, Treffpunkt an der übernächsten Ecke. So ziehen sich alle, bis auf zehn seiner Freunde, die sich heimlich in der Scheune verstecken zurück. Sie sind zurückgeblieben, um zu beobachten, was noch geschieht. Die Frau bleibt vorm Haus stehen, und beobachtet misstrauisch, was geschieht. So steht sie eine ganze Zeit. Als sie keinen mehr sieht, geht sie nach ins Haus.

Der Transporter ist weiter verfolgt worden und es kommt die Meldung, das sie wieder bei einem Einbruch sind. Peter bittet einen der Eltern, die mitgekommen sind, die Polizei zu anzurufen und den Einbruch zu melden. Gesagt getan und schon hoffen alle das die Gauner auf frischer tat ertappt werden. Aber weit gefehlt, die Polizisten schicken erst nur einen Polizisten aus, der nähe ist, um die Anzeige zu überprüfen.

Die Gauner sehen ihn, bekommen es mit der Angst zu tun und flüchten. Aber die Verfolger sind nicht weit, sie nehmen den Polizisten auf und weiter geht die Verfolgung. Der Polizist ruft seine Dienststelle an und informiert sie über alles, was er weiß. Das ist nicht viel aber genug um die Verfolgung der Gauner zu übernehmen. Sie versuchen ihn abzufangen, aber das geht schief. Die Gauner kennen sich hier bestens aus und kommen noch mal davon. Peter erfährt alles über Handy und organisiert ihren Empfang.

Also erst muss die Frau abgelenkt werden, damit sie die Gauner nicht warnt. Marie hilfst du uns dabei? Was soll ich tun, geh mit Lota hin und sprich mit ihr. Lota du tust so, als wenn du dich am Knie verletzt hast. Vergiss aber nicht zu humpeln, wenn ihr hingeht. Du hast dich doch vorhin beim Sport verletzt, nehme den verband ab, dann glaubt die dir bestimmt. Ja das geht, Marie, tu so, als wenn du mich stützt, los wir gehen.

Dann werden die Helfer bestimmt, die ins Haus und in der Scheune warten. Alles Große Jungs und Väter. Dann versteckt sich ein Teil hinter der Scheune und dem Haus, der Rest im nahen Wald an der Abfahrt von der Straße Stellung, und beobachtet, was passiert. Wenn der Lieferwagen am Haus ist und die Gauner ausgestiegen sind, kommt ihr singend aus dem Wald und tut so, als wenn ihr euch an der Kreuzung orientieren müsst. Diskutiert dabei und zeigt in die verschiedensten Richtungen. Hat jemand eine Landkarte oder Stadtplan, ist egal was, die können das doch nicht erkennen. Ja da haben mehrere eine. Klasse breitet sie alle aus und streitet euch um den Weg.

Sie warten sie eine ganze Weile, und es wird langsam langweilig. Da kommt endlich der Transporter angeschossen und hält mit quietschenden Reifen vor der Tür. Einer steigt aus und öffnet das Tor zur Scheune. Er wird sofort von beherzten Händen hineingezogen. Die Gauner sind zu verblüfft, um rechtzeitig zu reagieren. Der Transporter ist schnell umzingelt und die anderen Gauner werden unsanft aus den Wagen gezogen. Dann sehen sie im Transporter nach und sehen sich das Diebesgut an. Da ruft einer, das ist doch mein Pokal, den ich für den ersten Platz im Tennisturnier bekommen habe. Er ist ziemlich sauer und ruft sofort die Polizei an. Die ist erstaunt, und kommt bald mit drei Polizeiwagen und zwei Mannschaftswagen.

Da kommen alle aus ihren Verstecken und feiern Peter. Die Polizisten sind mehr als erstaunt, so viele Menschen auf einen Haufen, und sorgen erst mal für Ordnung. Die Gauner werden verhaftet und mit einem Mannschaftswagen zum Polizeirevier gebracht. Dann werden Peter und seine Freunde befragt, wie das den zustande gekommen ist.

Peter erzählt in groben Zügen, was gelaufen ist und das er erstaunt ist das so viele gekommen sind. Damit hatte er beim besten Willen nicht gerechnet. Er wird dann mit seinen Freunden als Zeugen mitgenommen. Im Polizeirevier kommen ihren Eltern dazu und sie werden weiter befragt, das ist aufregend.

Als die Befragung zu Ende ist, schimpft der Oberinspektor mit Peter, gut das Du den Laptop nicht mitgenommen hast. Die Gauner können dich sonst wegen Einbruchdiebstahl anzeigen. Aber das Eindringen in der Scheune ist strafbar, wenn jetzt eine Anzeige erfolgt, muss ich sie ordnungsgemäß bearbeiten. Erst mal bekommt ihr aber eine Verwarnung.

Peter ist verlegen und sagt, aber der gehört mir doch und das Projekt brauche ich dringend für die Schule, ich muss es Morgen vortrage. Das ist richtig, aber nach dem Gesetz ist es trotzdem ein Einbruch. Peter sieht in verblüfft an. Da beruhigt ihn der Oberinspektor, gib in mir, ich regel das schon.

Als sie fertig sind, fragt der Oberinspektor, kann ich mal dein Projekt sehen, ich möchte doch sehen, warum ihr solch einen Aufstand veranstaltet habt.

Peter ist verlegen, aber zeigt es gerne, auch wenn er glaubt, dass es nicht gut ist. Der Oberinspektor ist erstaunt, das ist ja genau mein Hobby, las mal sehen. Als es durchgeht, fallen ihm die vielen Fehler auf. Er fragt bis du Legastheniker. Beteten blickt Peter zu Boden und sagt leise Ja. Der Oberinspektor sieht ihn ermutigend an. Das ist doch keine Schande, keiner kann dafür, wenn er eine Schwäche hat. Die hat doch im Endeffekt jeder. Er hilft ihn die Fehler zu beseitigen und weist ihn auf ein paar Möglichkeiten hin, das Projekt zu verbessern. Sie besprechen die neuen Fakten für Peter und fügen sie ein.. Peter ist hocherfreut und lässt sich gerne beraten. So vergeht die Zeit und es wird spät. Das Projekt wird ausgedruckt und der Oberinspektor bekommt einen Ausdruck und eine Kopie von der Datei. Für Peter wird zusätzlich eine neue Kopie auf seinen USB-Stick geladen, die er mitnehmen kann.

Glücklich fährt Peter mit seinen Eltern nach Hause, er erzählt ihnen nicht, was er mit dem Oberinspektor so lange gemacht hat. Zuhause angekommen ist er todmüde, legt sich glücklich hin und schläft sofort ein.

Am anderen Morgen wird er erst spät wach, ist aber fröhlicher und guter Dinge. Da er nicht viel Zeit hat, eilt er nach dem schnellen Frühstück zur Schule. Dort wird er von seinen Kameraden und vielen anderen Schülern freudig begrüßt.

Es läutet und alle eilen in ihre Klassenräumen, dort müssen sie länger auf ihren Lehrer warten. Als er kommt, sagt er das Es aus aktuellem Grund eine Stundenplanänderung gibt, und sie alle nach der nächsten Pause in die Aula gehen sollen. Es erfolgt der normale Unterricht, und als die Stunde zu Ende ist, wird Peter vom Klassenlehrer aufgehalten. Du musst noch dein Projekt zur Präsentation vorbereiten, hast du deinen Laptop mit. Natürlich nicht, er hat nur seinen USB-Stick mit dem Projekt. Na dann muss du den Schulrechner benutzen, darf ich den Stick haben, um ihn auf Viren und Trojanern zu prüfen. Peter gibt ihn und sagt dabei, ich glaube nicht, dass Sie da was finde. Die Polizei hat ihn schon untersucht und ich habe dort auch die Ausdrucke erstellt.

So wird er vom Klassenlehrer in die Aula gebracht. Was soll ich hier, meine Präsentation soll ich doch in der Klasse vortragen? Der Klassenlehrer sieht in an und sagt ihn: „Da dir soviel deiner Schulkameraden geholfen haben, ist es doch eine Selbstverständlichkeit, sie auch bei der Präsentation dabei sind, und da der Klassenraum dafür viel zu klein ist, muss du ihn in der Aula halten.

14

Peter ist verlegen, wie soll ich den das schaffen, ich hab ja schon Angst das meine Klasse mich, wie bisher auslacht, und meine Lehrerin schimpft. Ich bin mir sicher das heute keiner lacht oder schimpft. Ich glaube du hast das beste Projekt, das du jemals gemacht hast. Peter lächelt und sagt: „Glaubst du das wirklich." Und beißt sich auf die Lippen, weil er den Lehrer geduzt hat. Der Lehrer lächelt und sagt, ich bin davon überzeugt, hab nur Mut, das klappt schon. So bereitet er alles vor und statt den Text nur vorzulesen, wird sein Speicherchip in Schullaptop eingesteckt und dann an den Beamer angeschlossen um den Text und die Bilder dazustellen. Das dauert einige Zeit. Dann gehen sie schon mal das Projekt durch. Der Lehrer unterstützt ihn bei der Präsentation mit dem Laptop, indem er ihn bedient. Dazu erklärt Peter ihn den geplanten Ablauf, und der Lehrer schreibt sich alles Nötige dazu auf.

Da klingelt die Pausenglocke und so nach und nach füllt sich die Aula. Alle sind gespannt, was jetzt kommt. Keiner der Schüler weiß es, nur die Lehrer, wissen Bescheid.

Als alle platz genommen haben, betritt der Direktor die Bühne und lobt alle für die Unterstützung, bei der Suche nach dem Laptop und dankt allen die tatkräftig mit angepackt haben. Mahnt aber auch vor Weiteren solchen taten, es kann durchaus schlimmer kommen, wenn die Gauner bewaffnet gewesen währen und es zu einer Schießerei gekommen wäre säßen nicht mehr alle Schüler hier. Er fragt alle, ob es das Risiko wert ist. Dann kündigt er den Vortrag von Peter an und alle klatschen begeistert. Sie wollen doch zu gerne wissen, wofür soviel Aufwand nötig war.

Nervös geht Peter zum Rednerpult und sieht sich um. In der ersten Reihe sitzt der Oberinspektor und gibt ihn Zeichen, doch aufrecht zu stehen und mutig anzufangen. Er drückt ihn noch deutlich alle Daumen.

Peter richtet sich auf und sieht groß in die Runde, dann grüßt er alle und bedankt sich für, ihrer Unterstützung. Der Projektvortrag beginnt und Peter gewinnt schnell Sicherheit dabei. Alle Angst ist auf einmal wie weggewischt. Das ist sein Projekt, und er kann sich durch eine tolle Präsentation am besten bedanken.

So läuft der Vortrag bestens, und als er das letzte Wort gesagt hat, bleibt erst alles still, doch dann bricht ein Applaus los, wie er ihn noch nie gehört hat. Alle sind begeister, der Oberinspektor und der Direktor gehen zu ihm und beglückwünschen ihn zu dieser Leistung. So einen guten Vortrag habe ich noch nie erlebt.

Da ist es gut das Wir uns entschieden haben, das Sie den Vortrag hier vor allen Schülern und lehren gehalten haben. Peter denkt: Nur schade, dass meine Eltern das nicht miterleben konnten. Da kommen seine Eltern auf die Bühne und nehmen ihm im Arm, sie haben alles von der Seite der Bühne miterlebt und sind ganz stolz auf ihn. Es gibt noch mal einen großen Applaus als Peter mit seinen Eltern die Bühne verlässt. Da taucht der Rüpel auf und geht zu ihm. Und sagt: „Ohne mich, wäre das nicht so Gut ausgegangen, ich hab im Internet einen Aufruf gestartet und so viel mehr Helfer für dich beschafft. Deinen Laptop kannst du bei mir gegen eine Belohnung abholen. Meine Freunde haben in meinen Auftrag alles Diebesgut in Sicherheit gebracht. Peter ist erstaunt und denkt. „Ist der blöd, das ist doch Diebstahl und dann noch so unverschämt sein und eine Belohnung zu fordern. Nicht zu fassen.„ Er kann es ihn aber nicht mehr sagen, weil Erwin, so nennen ihn alle, auf die Bühne zum Mikrofon gegangen ist und gerade eine Durchsage macht. Er gibt bekannt, dass er mit seinen Freunden alles Diebesgut in Sicherheit gebracht hat und das alle von ihm, ihre Sachen gegen eine Belohnung wieder haben können. Die Zuschauer sind erstaunt, besonders der Oberinspektor. Er weis das alles Diebesgut verschwunden ist und die Polizei hatte schon vermutet, dass noch mehr Räuber beteiligt waren und die Sachen in Sicherheit gebracht hätten. Das schlägt doch das Fass den Boden aus sagt er, nimmt sein Handy und ruft seine Kollegen an. Um Erwin nicht zu einer weiteren Dummheit zu verleiten, lässt er ihn bis zum Eintreffen seiner Kollegen in ruhe seine Heldentat bewundern. Die ersten Bestohlenen melden sich bei Erwin, um ihre Sachen wieder zu bekommen. Da kommt die Polizei durch alle Türen gleichzeitig und der Oberinspektor geht auf Erwin zu. Legt ihn die Hand auf die Schulter und verhaftet ihn wegen Unterschlagung von Diebesgut. Erwin ist verblüfft, damit hat er nicht gerechnet. Er hat sich doch als großer Held gefühlt und jetzt das. Verärgert schreit er den Oberinspektor an. Was soll der Blödsinn, ich hab doch nur das Diebesgut in Sicherheit gebracht und da steht mir doch eine Belohnung zu. Alle Zuschauer lachen erleichtert. Erwin wird schnell abgeführt und es kehrt wieder ruhe ein.

Plötzlich steht Marie, geknickt vor ihm und sagt, das sie sich für das schlechte Verhalten seiner Landsleute entschuldigt. Peter ist erst verblüfft, dann umarmt er sie spontan und sagt: „Du kannst doch für das Verhalten deiner Landsleute nichts, Verbrecher gibt es doch überall." Sie sieht in erstaunt an und lächelt. Ja da hast du allerdings recht, es tut mir alles nur so leid. Peter lächelt zurück und freut sich das Sie ihn nicht abweist.

Da klingelt es zur Pause und Peter geht mit seinen Eltern und Marie zusammen ins Lehrerzimmer. Die Lehrer sind verblüfft, dass Marie mitkommt. Da erklärt Peter, das sie das Mädchen war, das ihn geholfen hat. Der Direktor sieht sie an und fragt sie, wie sie heißt. Marie stellt sich vor und sie wird dann für ihr umsichtiges Verhalten gelobt. Sie blickt verlegen zu Boden und sagt, das war doch selbstverständlich.

Der Direktor sieht sie lächelnd an und sagt: „Das hätte längst nicht jeder gemacht und bedankt sich bei ihr. Dann wendet er sich an Peter und sagt: „Wir sind uns einig du hast eine ausgezeichnete Präsentation gemacht und sagt ihn seine Note für sein Projekt. Eine Eins Plus, besser kann es nicht kommen. Peter bedankt sich bei allen und wird als besondere Belohnung nach Hause geschickt.

Er ist glücklich, vor lauter Glück vergisst er seinen Stick mitzunehmen, aber keine Sorge, kaum ist er zuhause, bringt der Oberinspektor ihn den Stick. Da klingelt es an der Tür und Vater macht auf. Da stehen Leute, mit einem großen Paket. Vor der Tür und bitten reingelassen zu werden. Wir haben, als Dank, eine Überraschung für Peter: Vater lässt sie rein und so bekommt Peter eine Belohnung für seine Tat.

Peter packt freudig überbracht das Paket aus. Im Paket sind noch weitere. Als er die auspackt, kommt ein Spitzencomputer mit allem Drum und Dran zum Vorschein. Nicht nur ein Monitor, sondern ein Mittelgroßen und ein Großer sind dabei. Wo soll ich die bloß hinstellen, auf meinen Schreibtisch hab ich nicht soviel Platz.

Sie bringen alles gemeinsam hoch, und als er sein Zimmer betritt, sieht es hier etwas anders aus als sonst. Statt des Alten steht ein neuer großer Computertisch in seinem Zimmer. Zwar an einer anderen Stelle aber dort passt er wenigstens hin. Er ist begeistert und baut sofort seinen neuen Computer mit beiden Monitoren auf. Alle verlassen das Zimmer und Peter versinkt, vor dem Computer, mit Marie in seinen Träumen.

Nachwort:

Die Geschichte ist gut ausgegangen, ich rate aber keinen, dazu einen Internetaufruf zu starten, sonst erfährt es ein leicht ein Unbefugter und es kann zu großen Schwierigkeiten kommen und leicht böse enden.

Ich wünsche allen Lesern noch viel Spaß beim lesen.

Euer Autor Georg Rönnau

Projekt Feler Täufel

Das Ziel vom Projekt ist es den Legasthenikern Mut zu machen und den Menschen zu zeigen, dass sie auch gute Geschichten schreiben können. Legastheniker zu sein bedeutet, es fehlt die Begabung richtig zu schreiben.

Jeder hat Stärken und Schwächen. Wer kein Talent dazu hat, sollte auch keine Opern singen, die hören sich sonst fehlerhaft an.

Unsere Schwäche ist die Rechtschreibung, zum richtig schreiben fehlt uns die Begabung. Bein vielen von uns auch die Begabung, um gut zu lesen, das hat einen Zusammenhang.

Die einzelnen Begabungen sind bei jeden verschieden stark ausgeprägt. Nur die Extreme fallen besonders auf. Wer besonders schlecht ist, kann noch so viel üben, er wird den Durchschnitt nie erreichen.

Hat einer ein Einser Zeugnis, liegen die Schwächen in den Bereichen, die nicht benotet sind, und er hat seine durchschnittliche Begabung in diesen Bereichen durch viel Fleiß ausgeglichen.

Ein Mensch, der in einem Bereich unterdurchschnittlich begabt ist, kann noch so viel Üben, er kann es nie zu einer Eins bringen.

Er ist aber oft in anderen Bereichen überdurchschnittlich, das dürfen wir nie vergessen.

Was nützt uns ein Handwerker, der perfekt in der Rechtschreibung ist, aber nicht gut mit seinem Werkzeug umgehen kann.

Achtet also bei den Bewerbungen auf das, was wirklich im Beruf nötig ist, nicht was dabei selten gebraucht wird. Ihr verpasst sonst leicht einen Menschen, der besser zu der Tätigkeit passt, als einer der eine perfekt geschriebene Bewerbung abgibt.

Wir gehören zu denen, die bei der Rechtschreibung versagen, dass bedeutet nicht, das wir nicht mit Worten umgehen können.

Überzeugt euch selbst und lest unsere Geschichten.

Da jeder Mensch seine hat, stärken und schwächen hat., ist Legasthenie nichts Besonderes. Sie ist nichts Anderes als eine Begabungsschwäche, wie jede andere auch. Keiner kann alles gleich gut.

Projekt Feler Täufel 1

Unerwartetes Urlaubsende

Tom und Stephan haben ihre Ferien auf Amrum zu Ende und gehen an Bord der Fähre. Sie treffen dort auf das Filmteam, bei Dehnen sie als Taucherkomparsen mitgemacht haben. Dann geht die Fähre auf eine mysteriöse Art unter. Wie kann es dazu kommen? Sie können nur noch mit Hubschraubern gerettet werden, da alle Schiffe die sich nähern auch untergehen.

Author: Georg Rönnau

BoD – Books on Demand, Norderstedt
ISBN: 9783748103479

Projekt Feler Täufel 3

Spannende Osterzeit

Jo's Bruder geht wieder als Osterhase durch die Stadt, um Ostereier an Kinder zu verteilen.

Am nächsten Morgen wird er von der Polizei wegen Autodiebstahl verhaftet. Das kann doch nicht sein denkt Jo und geht der Sache nach.

Author: Georg Rönnau

BoD – Books on Demand, Norderstedt
ISBN: 9783748129530